Rudolph Lothar

Cäsar Borgia's Ende

Ein Trauerspiel in einem Act

Rudolph Lothar

Cäsar Borgia's Ende
Ein Trauerspiel in einem Act

ISBN/EAN: 9783743698444

Hergestellt in Europa, USA, Kanada, Australien, Japan

Cover: Foto ©Andreas Hilbeck / pixelio.de

Weitere Bücher finden Sie auf **www.hansebooks.com**

Cäsar Borgia's Ende.

Ein Trauerspiel in einem Act

von

Rudolf Lothar.

Dresden und Leipzig.
E. Pierson's Verlag.
1893.

Von diesem Werke wurden 10 numerirte Exemplare auf japanesischem Papier gedruckt.

Meiner süßen Gnade!

Personen.

Cäsar Borgia.

Der Hauptmann.

Juana, seine Tochter.

Felipe, ein junger Bauer.

Joaquin, ein Bauer.

Jaime, ein Soldat.

Soldaten.

Die Handlung spielt im Schlosse von Medina del Campo im Jahre 1507.

[Hof des Schlosses. Der Hauptbau mit Zinnen und Thürmen bildet den Hintergrund. Rechts, gegen den Hintergrund zu, an die Mauer geklebt, ein kleines, niederes Häuschen (die Wohnung des Hauptmannes), zu dessen Thüre einige Stufen hinaufführen. Rechts vorne eine Mauerpforte, die in's Freie geht. Auch zu dieser Pforte führen einige Stufen. Ein Gitterfenster in der Thüre. Links ein massiger Thurm mit einer schweren, niederen Thüre. Nach rückwärts an der Mauer ein Madonnenbild, darunter ein ewiges Lämpchen. Es ist später Abend.]

1. Scene.

(Wie der Vorhang aufgeht, ist die Bühne leer. An der Pforte rechts wird stark geklopft. Der Hauptmann tritt aus dem Häuschen und geht auf die Pforte zu.)

Hauptmann:

Wer ist's?

Joaquin:

Ich bin's, ich, Joaquin!

(Der Hauptmann öffnet, Joaquin tritt ein.)

Joaquin (auf der Schwelle):

Der Name des Herrn sei gelobt!

Hauptmann:

In alle Ewigkeit, Amen!

(Sie schütteln sich die Hände.)

Joaquin:

Ich komme, Euch Wichtiges zu melden, Gevatter Capitän!

Hauptmann:

Wichtiges? Laßt hören!

Joaquin:

Es geht was vor im Lande! 's betrifft — ihn!
(auf den Thurm links deutend).

Hauptmann:

Ihr sagt?

Joaquin:

Laßt Euch erzählen, Gevatter Capitän! Ich hörte schon mancherlei davon, aber nun habe ich es selbst erfahren: ein Haufen Leute lagert da draußen am Japardiel, Ihr wißt, dort, wo er zwischen die Berge läuft und weiß ist vor Schaum. Navarresen sind's zumeist, Wälsche und Franzmänner, alte Soldaten. Und Gesindel aller Art ist dabei, Schwertgesellen und Landstreicher. Bei Tag strolchen sie umher, bei Nacht sammeln sie sich und halten Rath — sie wollen ihn befreien.

Hauptmann:

Aus diesen Mauern?

Joaquin:

Oh, sie sagen, daß sein Glück allmächtig sei!

Hauptmann:

Hier findet es sein Ende. Was wollen die? Sturm laufen etwa? Daß sie sich die Schädel einrennen! Ich hab' genug Soldaten hier. Der Gefangene unseres gnädigsten Königs ist wohl verwahrt. Dafür hafte ich.

Joaquin:

Schön, Gevatter Capitän, dafür haftet Ihr. Ihr wißt aber nicht, daß eben jene Leute im Volke allerhand erzählen, was dann aufgeht und schlimme Früchte tragen kann. Heute mögen es wenige sein, morgen ist's eine Menge. Und dann, wenn's wahr ist, daß drüben in Navarra ein Heer gerüstet wird mit dem Gelde seines Schwagers, des Königs von Frankreich —

Hauptmann (unterbrechend):

Was erzählen jene Leute?

Joaquin:

Sie erzählen, daß er das Glück geschmiedet hat in einen eisernen Ring, den er am Finger trägt. Sie erzählen, daß er berufen ist, zu siegen und immer wieder zu siegen, daß es Gold und Ehren regnet, wenn man in seinen Stapfen geht. Und dann — und das glaube ich, ist wahr! — erzählen sie, daß es nicht rechtens ist, wenn er hier gefangen sitzt. Durch Verrath — ja, Gevatter Capitän, durch Verrath hat man sich seiner bemächtigt.

Hauptmann:

Wie das, durch Verrath?

Joaquin:

Nun ja! Sie erzählen, daß, als der heilige Vater starb, der auch sein Vater war, ganz Rom wie eine Meute hinter ihm her bellte und nach ihm biß. All der Neid und der Haß, die sein Ruhm und seine Erfolge genährt, brachen auf, da die Gunst des Papstes ihn nicht mehr beschützte. Die Großen und die Ganzgroßen, die er bis nun unter seiner Sohle gehalten, die streckten alle zehn Finger nach seinem Halse. Er mochte ihnen sein Gold tonnenweise zuwerfen, Städte und Reiche austheilen, als wären's Bettelpfennige — sie wollten mehr noch, immer mehr; sie wollten ihm das Herz aus dem Leibe reißen. Aber er ist giftfest und kein Stahl kann ihn verwunden. Unter dem Schutze des neuen Papstes verließ er Rom und ging nach Neapel zu den Spaniern. Nun seht! In Spanien ist sein Stamm geboren, Spanien hat er groß gemacht, spanisch ist seine Sprache, seine Tracht, sein ganzes Denken, wie man sagt — und wie wird ihm das vergolten? Der Statthalter, der für unsern gnädigsten Herrn dort regiert, nimmt ihn in Haft; er wird auf ein Schiff geschleppt und hierher gebracht wie eine gefährliche Bestie —

Hauptmann:

Die er ist! Ihr sprecht, Joaquin, wie Ihr's versteht und Ihr versteht herzlich wenig von den großen Dingen, die da draußen vorgehen. Und wenn das wahr wäre, was Ihr da sagt, daß man ihn hinterrücks zu Boden geworfen, daß man ihn verrathen — so war das Kriegsrecht und wohlgethan. Ein löblicher Verrath! Denn mit diesem Schrecklichen gab's keinen Frieden in der Welt und in der Kirche. Wenn unser Herr Hand an ihn legen ließ, so that er's nur, weil er mit Kirche und Welt gut, so gut als möglich stehen will. Wißt Ihr, warum e r giftfest ist und kein Dolch oder Schwert ihn verwunden kann? Wißt Ihr, warum das Glück hinter ihm her ist und er das Gold aus dem Boden lockt, wohin er den Fuß setzt? Hört mich! Als der heilige Vater, der sechste Alexander starb, da fuhr ein schwarzer Hund heulend durch die Zimmer des Vaticans. So heißt die Burg in Rom, wo der heilige Vater wohnt. Und wenn ich hier manchmal Nachts von der Mauer Ausschau halte, seh' ich den Hund durch's Gebüsch kriechen. Ich will's um der Madonna willen nicht sagen, was das bedeutet! (Er bekreuzt sich.)

Joaquin:

Ihr glaubt wirklich, Gevatter Capitän?

Hauptmann:

Auch mir haben Kriegskameraden, die drüben in Italien i h m gedient, allerhand erzählt. Aber ich müßte in die Beichte gehen, wenn ich es Euch wiederholen wollte.

Joaquin:

Gleichviel! Das Geschick hat ihn zu Großem bestimmt. Ich muß daran glauben.

Hauptmann:

Glaubt es oder glaubt es nicht! Die Mauern sind fest! Das Schloß von Medina del Campo ist das stärkste in Spanien.

Joaquin:

Und die draußen werden immer zahlreicher. Ich hört' auch — deswegen kam ich eigentlich zu Euch — daß er Kunde haben soll von dem, was draußen vorgeht. Bis es Zeit ist, geben jene ihm ein Zeichen!

Hauptmann:

Ein Zeichen, wozu? Ihr sprecht, Joaquin — na, ich will nicht sagen, wie! Der ist in guter Hut. Uebrigens! Ihr sollt den Weg aus dem Thal herauf nicht umsonst gemacht haben. Ich will selbst hinunter an den Zapardiel und sehen, was es dorten gibt, was das für Leute sind.

Joaquin:

Ich meinte auch, daß Ihr das thun würdet. Und Ihr geht ruhig und habet nicht Angst, daß mittlerweile —

Hauptmann:

Ich gehe ruhig. Hab' einen prächtigen Stellvertreter. Sollt ihn gleich kennen lernen, wenn Ihr ihn noch nicht kennt. (rufend:) Juana!

2. Scene.

(Vorige, Juana, aus dem Hause tretend).

Juana:
Ihr habt gerufen, Vater!

Hauptmann:
Ich geh' auf Kundschaft, Juana.

Juana (zu Joaquin):
Ihr seid's, Joaquin! Wollt Ihr mit einem Glase Wein —

Joaquin:
Danke, ein ander Mal gewiß! Kam nur zum Gevatter Capitän herauf mit einer Meldung. Nun hab' ich noch einen weiten Weg vor mir. Muß eilen! —

Hauptmann:
Ich geh' in's Thal. Schließ' ab hinter mir, Juana. Es wird niemand herein und niemand hinausgelassen. Niemand, Juana!

Joaquin:
Warum sagt Ihr das nicht einem Eurer Soldaten? Ein Kind soll das Thor beschützen? —

Hauptmann:
Ihr kennt das Mädel da nicht! Das ist ein Bub, sag' ich Euch. In der Sierra aufgewachsen, stark und flink und scharfäugig! Meine Leute gehorchen

ihr und Juana's Gehorsam ist mein. Sie ist ein
bess'rer Wächter als irgend Einer. Sie denkt und
grübelt nicht! Und glaubt es mir, nur mit dem Werke
der Gedanken werden wir Sünder und Schuldige!
(leiser) Dem Kind kann er mit allen seinen Künsten
nichts anhaben! Sie steht im Schutze aller Heiligen.

Juana (zum Hauptmann):
Ich werde thun, wie Ihr befehlt!

Hauptmann:
Kommt, Joaquin! Wollt Ihr den Weg mir zeigen?

Joaquin:
Den müßt Ihr schon allein treffen. Werdet ihn
nicht verfehlen. Gerade aus hinunter, dann den Fluß
entlang. Ich muß linkswärts gehen. Morgen ist
Markttag im Orte und da heißt es zeitlich am Platze
sein!

Hauptmann:
Bleib' wach, bis ich zurückkomme. Und bleibe hier
im Hof. Die Nacht ist schön.

Joaquin:
Vielleicht kommt ein Ungewitter rascher als Ihr
glaubt. Der Wind pfiff durch die Kronen, als ich kam.

Hauptmann:
Habt Ihr vielleicht auch die Unke rufen hören,
die im Schloßgraben sitzt? — Juana, du weißt, ich
vertraue dir!

Juana (die beiden geleitend):
Die Pforte wird niemandem geöffnet.

Hauptmann:
Unter keiner Bedingung. — Kommt, Joaquin!
(Die Pforte wird aufgemacht. Mittlerweile ist der Mond aufgegangen. Durch die offene Thüre fluthet das Mondlicht herein. Der Hauptmann und Joaquin treten hinaus. Draußen schütteln sie sich die Hand und gehen in verschiedenen Richtungen auseinander.)

3. Scene.

Juana (allein):
's ist todtenstill. Joaquin wird Recht behalten. Ich fühl' es kommen. (Sie schließt die Pforte, dreht den Schlüssel um und trägt ihn dann in's Haus; sie tritt gleich wieder die Stufen herab). Keine Wolke am Himmel! Aber die Sterne flimmern so ängstlich! — Der Vater hätte nicht fortgehen sollen! — Ich bin doch sonst nicht furchtsam. Es ist so schön, wenn das Wetter durch die Berge rollt! — Ich denke immer, wie herrlich es wäre, auf donnerndem Wagen hoch über der Erde zu fahren! — Aber heute bin ich so müde! Es ist dumpf und schwül hier! Wäre ich draußen, ich liefe mir die Müdigkeit aus den Beinen und von der Brust! — — —
(Sie wendet sich zum Muttergottesbild) Madonna, ich will beten!
(Sie geht langsam darauf zu.)

4. Scene.
(Juana, Felipe, hinter der Scene.)

Felipe (von draußen):
Juana, Juana!

Juana:

Das ist Felipe.

(Sie geht zur Pforte und öffnet das Gitter.)

Felipe (hinter dem Gitter erscheinend):

Mach auf, Juana!

Juana:

Heut' nicht! Der Vater ist nicht da.

Felipe:

Was thut's? Bin ich nicht Dein Verlobter?!

Juana:

Ja, der bist Du!

Felipe:

Nun denn, so laß mich ein!

Juana:

Heut' nicht. Ich sagt' es Dir, der Vater ist fort. Ich darf die Pforte nicht öffnen. Niemandem!

Felipe:

Aber ich werde doch hineindürfen; wie jeden Abend!

Juana:

Nein, Du auch nicht. Niemand. Der Vater hat's verboten.

Felipe:

Er hat nicht an mich gedacht.

Juana:
Ich muß mich an seine Worte halten.

Felipe:
Du liebst mich nicht?

Juana:
Was fragst Du?

Felipe:
Sag', daß Du mich liebst!

Juana:
Ich will nichts sagen, was ich nicht weiß, was mir ein fremdes ist.

Felipe:
Du wirst mein Weib.

Juana:
Der Vater sagt es.

Felipe:
Teufel, wär das Gitter nicht da! Stünd' ich jetzt vor Dir —

Juana:
Nun, was thätest Du —?

Felipe:
Was ich thäte?! Mach' auf, ich will's Dir erzählen!

Juana:

Nein.

Felipe:

Ah, Du willst nicht, Mädchen. Weißt Du, daß ich nicht daran glaube?

Juana:

Woran glaubst Du nicht?

Felipe:

An das Verbot des Vaters! Ich weiß, warum ich heute nicht in den Hof darf.

Juana:

Nun?

Felipe:

Du erwartest einen Andern!

Juana:

Der Vater ist fort und ich mache Niemandem auf.

Felipe:

Natürlich, weil der Andere schon drin ist. Du versteckst jemand! Du liebst mich nicht, weil Du einen andern liebst! Und dieser andere — Gottes Donner soll ihn dreimal erschlagen! — steckt bei Dir!

Juana:

Niemand ist hier. Und Du, lästere nicht!

Felipe:

Niemand ist hier? Ei, mein Mädchen! Da müßte ich doch schlechte Augen in meinem Kopfe haben. Ich sah einen Mann heraufkommen; keine Stunde ist's her.

Juana:

Ja, Joaquin war da, der Bauer, der ganz oben am Zapardiel sein Anwesen hat. Er ist mit dem Vater fortgegangen.

Felipe:

So —? Nun, ich sah just den Vater, wie er über die Wiese schritt. Er war allein.

Juana:

Der Vater ist mit Joaquin weggegangen.

Felipe:

Wenn ich nun das nicht glaube! Wenn ich nun überhaupt an den ganzen Joaquin, den Bauer, der oben am Zapardiel sein Anwesen hat, nicht glauben will! Ich werde nicht Dein Narr sein und jetzt hinlaufen und nachschauen, ob er wirklich da war und mit dem Vater fortgegangen ist.

Juana:

Thu', was Du willst!

Felipe:

Machst Du Dir das Gespött aus mir, Juana? Trau mir nicht!

2*

Juana:
Du sollst mich nicht quälen!

Felipe:
Du sollst mir sagen, wer drin bei Dir ist!

Juana:
Niemand ist hier. Und Du bist ein Dummkopf mit Deiner Eifersucht.

Felipe:
Ich werde Dir zeigen, ob ich ein Dummkopf bin. Und wenn man liebt, so ist man eifersüchtig. Und ich liebe Dich, Juana!

Juana:
— — — — — — —

Felipe:
Juana! — Oeffne mir!

Juana:
Nein!

Felipe:
Nein?? — Nun warte, ich will Dir was sagen! Hörst Du mich, Juana, hörst Du mich nur gut? Ich wiederhole es Dir. Du hast mit jemandem gesprochen beim letzten Kirchgang oder es ist Dir jemand begegnet — o, ich habe hier herum Kerle gesehen mit seid'nen Wämsern und langen Degen, die nahmen sich keck und niederträchtig aus! Einer von denen ist es gewesen.

Und der ist nun drin! Das hast Du Dir fein ausgedacht: Der Vater ist fort, — husch, die Pforte aufgemacht und herein mit dem Affen! Der steht nun drin und macht sich lustig über mich! Aber das soll ihm vergehen! Hörst Du, Juana?

Juana:

Du sprichst Unsinn. Es ist schade, wenn ich noch mit Dir spreche.

Felipe:

Es soll nicht Dein Schade sein! Höre nur weiter! Ich liege hier im Gebüsch, meine Flinte ist mit mir. Die ist gut und treu und die liebt mich, wie ich sie liebe. Und was ich treffen will, das trifft sie. Gut, ich liege hier draußen und warte, bis der Jemand herauskommt. Denn herauslassen wirst Du ihn doch müssen, ehe der Vater heimkehrt. Na, und wir zwei, meine Flinte und ich, wollen ihm einen Gruß entgegenschicken, daß die Seligkeit sperrangelweit sich vor ihm aufthut. Den treff' ich Dir, wie einen Spatzen von der Mauer!

Juana:

Gute Nacht, Felipe. Du kommst aus der Schenke.

Felipe:

Du meinst, ich habe Wein getrunken! Nein, nur meine eigene Galle. Das genügt auch. Hörst Du, zehn Schritte weit gehe ich. Dann duck' ich mich in's Gras und nehme die Flinte auf den Schoß. So will ich warten, und wär's die ganze Nacht. Ich will nicht meiner Mutter Sohn heißen, wenn ich unnütz warte!

Juana:
Ich habe die Wahrheit gesprochen.

Felipe:
Ich auch! Sag' Deinem Jemand, daß er ein Vaterunser bete, ehe er aus dieser Thüre tritt.

Juana:
Ich will Dich nicht hören und Deine Lästerreden! Gute Nacht!
(Sie schließt das Gitter.)

Felipe:
Juana — Juana — (flehend) hörst Du mich nicht? — — — (Mit einem Auflachen) Auch gut! Ich schwör's bei der Madonna, ich werde ihn nicht fehlen!
(Er entfernt sich.)

5. Scene.
(Juana geht von der Pforte weg. In diesem Augenblicke wird die niedere Thür links geöffnet und Cäsar Borgia, dem Jaime vorangeht, tritt ein.)

Cäsar:
Ich grüß Dich, freie Luft! — (nach einer kurzen Pause) Es ist mir verwehrt, bei Tag mich zu ergehen? Ist's so?

Jaime:
Es kam Befehl, es so zu halten.

Cäsar:
Warum das?

Jaime:
Kann's nicht sagen, Herr!

Cäsar:
Du willst es nicht sagen. Ich aber will es wissen. Nicht, weil es mir mißbehagt: Die Nacht und ich sind alte Kriegsgefährten. Und wir begegnen uns gerne. — Doch was soll der Befehl? — (Befehlend) Gib Antwort!

Jaime:
Man erzählt sich, daß Ihr auf Menschen bösen Einfluß nehmt mit dem Blick Euerer Augen. Daß Ihr damit einen selbst zum Schlimmsten berücken könnt.

Cäsar:
O über die Feigen! Wie Ihr Euch versteckt hinter der Dunkelheit der Nacht, damit ich Euch mit meinen Augen nicht etwa bestimme, mir gehorsam mache, damit ich Euch nicht mit meinem Blicke sage: öffnet das Thor, ich will hinaus! — — — — Wer ist das Mädchen?

Jaime:
Unseres Hauptmanns Tochter. Juana heißt sie.

Cäsar:
Komm' her, Juana. Ich möchte mit Dir plaudern. Mir wird die Zunge schwer da drin und ich verlerne ganz die Kunst des Sprechens.

Juana:
Ich weiß nicht, Herr, ob ich —

Cäsar:

Fürchtest Du Dich etwa auch vor mir? Hab' keine Angst! Ein armer Gefangener!! (Zu Jaime:) Und Du, Du kannst gehen.

Jaime:

Herr, wie darf ich —

Cäsar:

Geh', sag' ich Dir! Ich kann Dir leider nicht sagen, geh' für immer! Denn mit der Runde bist Du wieder da und Deine Schlüssel klirren. Aber jetzt, mach' Kehrt!

Jaime:

Ihr sprecht, als ob —

Cäsar:

Geh'!

Jaime (im Abgehen):

Ich werde es dem Hauptmann melden. (Kopfschüttelnd.) Man sollte ihn nicht einmal bei Nacht — (Ab.)

6. Scene.

(Cäsar, Juana.)

Cäsar:

Wie kommt es, Mädchen, daß ich Dich hier noch nicht gesehen?

Juana:

Bin erst wenige Tage im Schlosse. Sonst wohne ich mit meines Vaters Bruder oben im Gebirg'.

Cäsar:

Weißt Du, wer ich bin?

Juana:

Ein hoher Herr seid Ihr, das hört' ich sagen. Euer Name ward vor mir nicht ausgesprochen.

Cäsar:

Ich bin Cäsar Borgia! — — — Du hörst den Namen zum ersten Male?

Juana:

Ich höre ihn zum ersten Mal.

Cäsar:

Seltsam muß es sein, wenn Einem diese Silben zum ersten Mal an's Ohr schlagen. Wie wenn man das Meer rauschen und branden hört zum ersten Mal.... Was sagt Dir mein Name?

Juana:

Nun beunruhigt er mich. Doch das ist wohl kindisch.

Cäsar:

Siehe, ich habe viel schöne Namen und Titel. Es gibt Leute, die nennen mich von Gottes Gnaden Herzog der Romagna, Gonfalonier der heiligen römischen

Kirche. Es gab eine Zeit, wo ich Erzbischof von Valencia war und eine andere, wo man mich Cardinal nannte. Aber ich selbst hab' mich immer einen Borgia nur geheißen. Und ein Cäsar will ich s e i n! — — — Es gibt ein magisches Band, das den Menschen mit seinem Namen verbindet. In meinem Namen steht meine Größe geschrieben.

Juana:

Seid Ihr so klug, Herr, daß Ihr Namen enträthseln könnt: was sagt Euch Juana?

Cäsar:

Es weckt die Erinnerung in mir an eine bedeutsame Stunde. Hinter einem Schenktisch in Sevilla fand ich den Einzigen, der mich verstanden hat in meinem Leben. Es war ein spanischer Edelmann und er nannte sich Don Juan. Er ging durch die Welt und wollte das Weib erkennen. Sah er ein Mädchen oder eine Frau, so lockte es ihn, hinter ihr Geheimniß zu kommen. Denn jeder Mensch ist ein Räthsel und ein Weib ist es doppelt. Und er warb und buhlte um jede und schließlich widerstand ihm keine. Aber kaum hielt er sie in seinen Armen, war er ihrer schon überdrüssig und schaute hinweg nach neuem Sehnen, nach neuem Minnekampf. Und was jenem das Weib, das ist mir die T h a t: Es gibt keine, die ich nicht begehen und vollführen möchte und keine, die mich je mit Befriedigung erfüllen könnte. Ich bin wie der Parder, der nie genug hat an der Lust des Mordens, aber stolz am gefällten Aase vorbeigeht. Alle Throne möchte ich stürzen, um sie dann alle verachten zu können. Das Größte, das Herrlichste möchte ich erstreben! Und das Herrlichste würfe ich von mir und auf die Größe setzte ich meine Ferse. — Erringen ist groß, — besitzen, wie gemein!! Wir verstanden uns, Don Juan und ich! Lächelnd gingen wir auseinander. Dessen erinnert mich Dein Name!

Juana:
Doch was bedeutet er mir?

Cäsar:
Ich weiß von den Dingen nur, was sie mir bedeuten! — (Er sieht sie an) Du bist schön und begehrenswerth! Bei allen Himmeln, das bist Du! — Das darf Dich aber nicht eitel machen. Ich habe zwei Jahre lang kein Weib gesehen und fände Dich süß, wärest Du auch häßlich wie eine Nachteule.

Juana:
Euere Worte, Herr, verwirren mich. Was soll ich von Euerer Rede denken?

Cäsar:
Gar nichts, Mädchen! Wäre ich Kaiser der Welt, würde ich alles Denken verbieten, weil ich es als mein Privileg betrachten würde. — Hat Dir noch Niemand gesagt, daß Du schön bist?

Juana:
Mein Bräutigam sagt es mir jeden Tag.

Cäsar:

Wer ist Dein Bräutigam?

Juana:

Er heißt Felipe und ist ein junger Bauer aus Pozaldes. Er wird bald ein hübsches Gütlein erben.

Cäsar:

Und Du liebst ihn und betest zur Madonna, daß Euere Liebe gesegnet sei.

Juana:

Ich lieb' ihn nicht und bete zur Madonna, daß sie mich ein braves Weib werden lasse.

Cäsar:

Und dabei träumst Du von Einem, den Du lieben könntest.

Juana:

Ich träume gar nicht, Herr. Ich arbeite viel und schlafe fest.

Cäsar:

Das Leben hier ist einförmig?

Juana:

Die Tage gleichen sich.

Cäsar:

Die Nächte auch?

Juana:

Wie meint Ihr das?

Cäsar:

Der Tag gehört dem Mann, die Nacht dem Weib. Mit der sinkenden Sonne beginnt ihre Herrschaft, erwacht ihr Wesen. Man soll keiner Frau im Lichte nahen und heimliche Frage nur im Dunkeln an sie richten. — (abbrechend) Wie kommt es, daß ich den Vater heut' nicht sehe? Er pflegt ja sonst mir stumme Gesellschaft zu leisten.

Juana:

Der Vater ist fort.

Cäsar (mit raschem Blick):

Und Du weißt um die Schlüssel! Mach' mir die Pforte auf und laß mich hinaus. (Juana tritt zurück) Ich will es Dir vergelten, Mädchen, denn ich weiß zu lohnen.

Juana:

Der Vater konnte ruhig fortgehen. Er kennt mich.

Cäsar:

Thörichter Alter! Wie wenn ich Gewalt brauche und Dir die Schlüssel oder ihr Geheimniß entreiße?!

Juana:

Das könnt Ihr nicht! Ein Ruf, ein Schrei und dieser Hof füllt sich mit Soldaten. Ich sehe von hier aus die Wache, die am Thurme steht.

Cäsar:

Den Blick, der von hier zum Thurme reicht, den fürcht' ich nicht. Ich schau in die Zeit und nicht in

den Raum. Mir sagt die Minute, was die Stunde
wir bringt. Mein Auge faßt schon den Schlüssel, der
mir die Freiheit wiedergibt. Ich nehme sie aus Deiner
Hand! Du hältst Cäsar Borgia nicht zurück!

Juana:
Ihr seid nicht mein Gefangener. Ich halte Euch
nicht zurück. Ich bin meines Vaters Knecht und voll-
führe seinen Befehl. Er lehrte mich Pflicht und Treue.
Nun gab er mir eine Waffe zum Aufbewahren. Ich
lasse sie nicht fallen und gebe sie ihm blank zurück.

Cäsar:
Der Vergleich ist falsch. Ihm fehlt die Spitze,
wie meinem Wehrgehäng das Eisen. Deine enge,
blöde Pflicht soll der Hauch meines Mundes zerstören.
Nicht von Mensch zu Mensch soll es Gesetz und Pflicht
geben. Jeder Mensch mache sich sein eigenes Gesetz
und seine eigene Pflicht. Die höchste Pflicht ist der
Wille des Stärksten. — Weißt Du, was es der Welt
bedeutet, daß ich hier unthätig zwischen diesen Mauern
stecke?

Juana:
Meine Welt umschließen diese Mauern.

Cäsar:
Dann komm' und lasse diese Mauern hinter Dir!
Ich zeige Dir die Welt, wie sie meiner harrt da
draußen! — Ich sah einmal, wie auf einer Straße
zwei Wagen sich begegneten. Da zog ein Hengst
einen schweren Karren mit Steinen und dort war

eine Stute vor ein paar mächtige Stämme gespannt; Mastbäume waren's für ein Schiff. Nun hebt der Hengst die Nüstern. Zitternd bleibt die Stute stehen. Die Fuhrleute peitschen und schreien. Aber schon hat der Hengst das Gefährte zerschlagen, sein Geschirr gesprengt. Er hat den andern Wagen zertrümmert und die Stute bricht unter dem schäumenden Sieger zusammen. Die Fuhrleute werden unter den rollenden Steinen begraben .... Siehe! Ich bin der Hengst und die Welt, die zitternd da draußen steht, das ist die Stute. Willst Du mit Deinen schwachen Händen mir in die Zügel fallen?

Juana:

Die Mauern sind stark, die Pforte ist fest. Ich fürchte mich nicht vor Euch!

Cäsar:

Das sollst Du auch nicht. Ich will Dich mit mir nehmen. Ich mache Dich groß und reich und begehrt. Man soll mich neiden um Dich! Du sollst in meinem Triumphe die Palme halten über mein Haupt. — Du schweigst. — Ich will Dir sagen, warum. Weil Dir der Lohn zu klein erscheint für das, was ich verlange. Fahre nicht auf, ich weiß, was ich sage. Klänge Dir aus meiner Rede der Verrath entgegen, wärest Du wirklich die pflichttreue Virago mit dem ehernen Herzen, so hättest Du bei meinem ersten Wort jene Wache, bis zu der Dein Auge reicht, herbeigerufen. Warum thatest Du das nicht? Warum thust Du das nicht? Es fällt Dir schwer, die Schlüssel zu verrathen — wohlan, so verrathe mich und meine Pläne.

Juana:

Herr —

Cäsar:

Willst Du aber kämpfen mit mir, so hüte Dich. Wärest Du Dalila, Du bekämest nicht Gewalt über mein Haupt. Ich schlage keine Schlachten — aber alle Burgen auf meinem Wege habe ich gebrochen.

Juana:

Was hindert mich, daß ich Jaime alles sage?

Cäsar:

Sag's ihm! Rede, wenn Du magst!

7. Scene.

(Vorige. Jaime, kommt gefolgt von der Wache, von links.)

Jaime (zu Cäsar):

Herr, vergebt —

Cäsar:

Kommst Du mich mahnen? Ich bin nicht schläfrig und ich fühle mich wohl im Freien!

Jaime:

Befehl des Hauptmanns.

Cäsar:

Ruf' ihn her.

Jaime (geht zu Juana und spricht mit ihr. Juana steht in innerem Kampfe).

Cäsar:

Ich bleibe, bis er kommt! — Was zauderst Du? (zu Juana) Ich bitte Euch, Madonna, sprecht Ihr für mich!

Juana (verwirrt):

Ich?! —

Cäsar:

Ihr seid hold und gütig! Laßt mich noch ein wenig hier sein und glauben, es gebe keine Mauern, die nach mir verlangen. Bitte ich vergebens?

Juana (zu Jaime):

Kommt mit der Runde wieder!

Jaime (will gehen, kommt aber noch einmal zu Juana zurück; leise zu ihr):

Was ich Euch noch melden wollte: Als ich just oben am Thurme stand, sah ich im Gebüsch, keine zwanzig Schritte von der Pforte, einen Mann liegen. Im Mondlicht blitzte sein Flintenlauf. Meint Ihr nicht, daß ich —

Juana:

Beruhigt Euch, das ist Felipe.

Jaime:

Felipe? Was will er mit der Büchse?

Juana (zuckt die Achseln).

Jaime:

Ein wilder Bursch', Euer Felipe! Ich meinte doch, es könnte, mit Euerm Verlaub, 'mal auch ein anderer —

Juana:

Jaime, ich glaube gar, Ihr wollt —

Jaime:

Darf ich Euch nicht einmal meine Meinung sagen, Jungfer — ?

Juana:

Ungefragt nicht. Kommt mit der Runde wieder!

Jaime (abgehend):

Ich werde es dem Hauptmann melden.

(Ab mit den Soldaten.)

8. Scene.

(Während der folgenden Scene steigt der Mond höher. Die Thürme und Zinnen sind in hellem Mondlicht gebadet. Der Hof liegt in tiefem Schatten, nur am Thurme links fällt ein schmaler Lichtstreifen herab. Jagende, schwere Wolken verdecken aber zumeist den Mond und umhüllen bald den ganzen Himmel.)

(Cäsar, Juana.)

Cäsar:

Ich dank' Dir, Mädchen!

Juana:

Wofür?

Cäsar:

Du gibst der Welt ihren Herrn. Was war ich bis jetzt? Wenig. Ein Cardinal, der den rothen Hut mit dem Helme vertauschte, ein glücklicher Feldherr, der Fangball spielte mit Ländern und Kronen. Aber immer Einer, über dem noch Einer stand, ein Größerer, ein Mächtigerer: der Papst! Und noch dazu ein Papst, der ein Borgia war wie ich! — Und was will ich jetzt sein? Alles! Jeder Mensch ist zum Herrscher geboren. Weh' dem, der dies vergißt! — (Er geht auf die Pforte zu.) Mach' auf!

Juana (geht zum Madonnenbild und betet).

Cäsar (wendet sich um und betrachtet sie):

Bittest Du den Himmel, daß er ein Wunder thue? Ich sitze in meinem Kerker Wochen und Monde und starre durch's Fenster hinaus und warte auf ein Zeichen. Ein Zeichen vom Himmel oder von der Erde! Mit beiden stehe ich gut, obzwar ich beide mit Füßen trete. Es soll mir sagen, daß Freunde kommen, daß Getreue sich auf mich besinnen. Man versprach mir ein Heer. Wo bleibt es?

Juana (noch immer knieend):

So betet auch Ihr?

Cäsar:

Beten — nein! Aber glauben, an mich und meinen Stern!

(Ueber die Zinnen im Hintergrunde steigt eine Rakete.)

3*

Juana (den fallenden Stern erblickend):

Erfüllung wird Euerem Wünschen. Das ist ein Zeichen!

Cäsar:

Ja, das ist es! Brave Rakete! Nun ist es Zeit, nun muß es sein!

Juana:

Wenn ich auf der Hochwiese lag und in den Himmel starrte und solch ein Stern fiel herab, da sprang es in meinem Herzen auf wie die Ahnung einer großen, unbekannten Freude. Mir war's, als sänke ein Tropfen himmlischer Gnade auf die Erde.

Cäsar:

Westwärts stieg sie auf. Das ist die Richtung des Zapardiel.

Juana:

Ihr ruft den Himmel an und er gehorcht. Und doch erscheint es mir wie Ueberhebung, wie Sünde!

Cäsar:

Wahrlich Kind, könnte ich das, was Du da meinst, ich thäte es. Könnt' ich dem Himmel befehlen, wie wollt' ich das thun und wär' es tausendmal Sünde. Dann erst wäre ich der, der ich sein möchte.

Juana:

Ihr spielt mit der Sünde!

Cäsar:

Mit lieben, guten Freunden darf man Kurzweil treiben. Doch dazu ist nun nicht Zeit. Jede Sünde ist verzeihlich und jedes Verbrechen, so Ihr Verbrechen nennt. Nur eines nicht — das letzte! (plötzlich wie von einem Schauer gepackt, mit düsterem Ernst, ein leises Schwanken in der Stimme) Das letzte! Der Tropfen, der überquillt! Ich trage eine Schale hoch in Händen und brennende Sünde habe ich darin gehäuft, eine auf die andere. Ein loher Glanz geht davon aus und erhellt meinen Weg und leuchtet um meine Stirne wie blutendes Abendroth um vergletscherten Fels! Und mit nerviger Faust, sonder Schwanken, halt' ich die Schale! Siehe, und da kommt ein Flämmchen zum Brande und es hat keinen Platz mehr in der Schale und fließt über, fällt sengend auf meine Hand — ich löse den Griff, zu Boden schmettert das Gefäß, und ich vergehe im Brande, der sich über mich ergießt — —! (die Stimmung rauh abschüttelnd) Unsinn! Was fasle ich! Unverzeihlich allein ist ein Fehler. Noch darf und will ich keinen begehen. Wir haben genug geplaudert. Hole die Schlüssel!

Juana:

Schweigt, Herr, von den Schlüsseln!

Cäsar:

Sag' mir doch lieber: Schweigt von Euerem Leben! Ich muß sie haben. Ich muß frei werden, nicht morgen, nicht in einer Stunde, sondern jetzt, ehe der Sand verrinnt!

Juana:

Es legt sich ein Schatten auf mein Erinnern und hinter Nebel und Rauch seh' ich meine Pflicht, mein Wollen verschwinden. Mein Blut rauscht über Alles! „Niemandem darf ich öffnen!" Sinnlose Worte, die bebend widerhallen in mir — —

Cäsar (ganz nahe):

Sinnlose Worte! — Geh' und öffne!

Juana:

Und wenn ich in's Haus gehe und die Schlüssel hole und dann zur Pforte — und Ihr tretet hinaus — und ich habe Euch frei gemacht — warum that ich das?

Cäsar:

Weil mein Wille stärker war als der Deine! Das ist das Geheimniß der Weltgeschichte.

Juana (wie im Traum fortfahrend):

Niemand beschützt mich — der Ruf eines Vogels und der Bann wäre gelöst! —

Cäsar:

Sackle nicht! Die Minuten fallen wie glühende Tropfen Blei auf mein Haupt.

Juana:

Und Ihr tretet hinaus — über die Schwelle — in das Licht des Mondes — — und draußen — nein, nein, nein, draußen steht der Tod!

Cäsar:

Vorwärts!

Juana (vorne links):

Sagte nicht Felipe — —? Er hält Wort — ich seh' Euch fallen, aus dem Licht zurück in's Dunkel, in die Nacht! Und sie schließt sich über Euch!

Cäsar (bei der Pforte):

Närrin! — Oeffne!

Juana:

Nein!

Cäsar:

Oeffne!

Juana:

Nein!

Cäsar (zwischen die Zähne):

Entkommst Du mir wieder —?

Juana:

Ich bitt' Euch, Herr! —

Cäsar:

Du bittest?! (Er tritt ganz nahe an sie heran.) Was Du für tiefe, tiefe Augen hast! In solchem Spiegel seh' ich mich gerne! (Er streift ihr mit der Hand über den Kopf; ihr Tuch fällt herab, ihr blondes Haar wird frei.) Gold! Bei Gott! So sah Lucrezia aus! Du siehst meiner Schwester gleich, meiner lieben Schwester Lucrezia!

Juana:

Nun denn, um Euerer Schwester willen, die Ihr liebt, beschwör' ich Euch —

Cäsar:

Ja, bei Gott, ich habe sie geliebt! So sehr geliebt, daß, wenn ein Pfaff mich losbeten wollte von dieser Liebe, er beten müßte vom Morgen bis zum Abend und vom Abend bis zum Morgen und so ein ganzes Leben lang und er könnte es doch nicht. Und um ihretwillen beschwörst Du mich — um was denn nur? — Ja richtig, beschwörst Du mich, daß ich lieber zurückgehen soll in meinen Thurm, statt da hinaus in's Freie! — Wie ist Dein Hals doch fein geformt!

Juana:

Es kommt ein kalter Schauer von den Bergen her! Hört Ihr den Sturmwind keuchen?

Cäsar:

Der Mond ist verschwunden, ich kann Dein Gesicht nicht sehen, aber ich fühle Deinen Athem. Er ist weich und duftet. Und Deine Hand — laß sie mir doch — glüht in der meinen. Nun muß ich wieder an Lucrezia denken. An jene Nacht will ich nun denken! Es war im Vatican und der heilige Vater saß auf seinem Thron und wir alle rings um ihn her. Sie aber tanzte mit den kleinen, nackten Füßen auf dem schwarzen Marmor — o, was für zarte Knöchel sie hatte! Und der heilige Vater reckte sich in den Ellenbogen von seinem Sessel empor und alle

Adern seines Halses spannten sich wie die Stricke, mit denen man ein Thier anbindet; das Thier aber zerrt und zerrt an seinen Strängen. Was ich da lachte in meinen Bart hinein! Die andern alle glotzten, und auf Stirnen und kahlen Schädeln perlte der Schweiß. Ich lachte und sie tanzte — mit den weißen Füßen auf dem schwarzen Estrich, die schlanke Gestalt eingehüllt in dunkle Schleier. Und dann schimmerte es plötzlich hervor, hier die Schulter und dort die Brust, die Hüfte da und da der Rücken im rosigen Glanze ihrer Nacktheit. Sie bog sich und neigte sich und die Schleier wallten um sie her — und dann trat sie aus ihnen hervor wie der Mond dort aus dem Gewölk — — und da konnte auch ich meine Erregung nicht mehr meistern und zerbrach den Dolch, mit dem ich spielte . . . Meine ahnenden Sinne verrathen es mir, auch Dein Leib ist schlank und weiß und — biegsam wie der ihre . . . . . . nun fährt ein Zucken über ihn, von Deinem Nacken bis zur Spitze Deiner Füße — — — erschreck' ich Dich?

Juana:

Es liegt etwas in Eurer Rede, das wehe thut. Es geht etwas von Eueren Worten aus, wie der überstarke Duft einer Blume, der sich lastend auf die Brust legt . . . . Euere Berührung treibt mir das Blut in die Wangen . . . . .

Cäsar:

Mit meiner Hand kann ich die Seele aus dem Leibe lösen. Aber wenn meine Finger sich krallen, werden sie zur grimmen Würgefaust. Ihrem Druck

entrinnſt Du nicht! (Er zieht ſie an ſich.) Wir wollen zu⸗
ſammen aus jener Pforte treten. Wer weiß, vielleicht
werfe ich mein Schwert in den Straßengraben und
lege den Helm fort und gehe mit Dir in einen fernen,
fernen Winkel, um dort eine Stunde lang ein Gott
zu ſein. Als ich Capua eroberte, da nahm ich mir
aus der Beute die vierzig ſchönſten Mädchen. Und wie
man eine Traube preßt, um einen Tropfen Wein zu
koſten, ſo preßte ich den Genuß aus vierzig Kelchen in
einen einzigen, trunkenen Augenblick; den möchte ich
jetzt wieder erleben mit Dir allein! Du ahnſt nicht,
was es heißt, wenn Cäſar Borgia liebt!

Juana:

Sagt das nicht — ſprecht das Wort nicht aus!

Cäſar:

Du haſt Recht. Es paßt ſo wenig meinen Sinnen
wie die Kutte einem Bravo!

Juana:

Ich dachte, der Sturm würde kommen. Nun
kommt er nicht und ich erſticke. Was wollt Ihr,
Herr —?

Cäſar:

Ja, ſchau mich nur an, Vögelein! Einen ſieben⸗
häuptigen Drachen führe ich in meiner Standarte und
ſiebenfach lechze ich nach Dir!

Juana:

Ich höre Schritte — 's iſt die Runde!

Cäsar:

's ist nichts. Dein Herz klopft so überlaut. Komm', ich will es sänftigen. (Wie er nach ihr greift, weicht sie zurück.) Wie schmecken Deine Lippen? (Er zieht sie an sich.)

Juana:
Mutter der Gnaden, steh' mir bei!

Cäsar:
Nun schweigt Dein Troh. Nun liegt Deine Pflicht begraben unter einem blumigen Berge keimender Triebe. Weißt Du, was Dich treibt, her zu mir, in meine Arme, an meinen Mund?

Juana:
Ich stand oft auf der Brücke und sah den Fluß tief unten schäumen und rasen. Dann griff es wie Schwindel an meinen Kopf — ich mußte mich mit beiden Händen an den Balken halten, um nicht der Stimme zu folgen, die aus den zischenden Wellen zu mir heraufschrie: Komm' herab, spring' herab! Rasch lief ich dann an's andere Ufer. Nun seh' ich jetzt kein Ufer und die Füße versagen den Dienst. Ich weiß nicht, wo mich festhalten und Euere Stimme ruft und ruft —

Cäsar:
Ich trink' Dich auf! Spring' zu! Versink' in mir! — — — Leg' Deinen Arm um meinen Nacken, so, fest, reich' mir Deinen Mund, so, ganz nahe, küsse mich, küsse mich — und — (wie sie ihn umarmt, faßt er sie mit beiden Händen am Halse und erwürgt sie) und — mach' mich frei!

(Sie sinkt mit einem leisen, gurgelnden Laut an ihm herab.)

Cäsar:
So küßt Cäsar Borgia zu Tode!

(Wie er sie zur Erde lassen will, bleibt ihr Haar an seinem Wammse hängen; er reißt sich heftig los.)

Cäsar:
Versuchst Du noch, mich festzuhalten?!

(Sie liegt am Boden. Cäsar geht auf das Haus zu, tritt hinein, kommt gleich darauf mit den Schlüsseln zurück und wendet sich zur Pforte.)

Cäsar:
Mir ist's, als ob hinter jener Thür mein Schicksal lausche — — —!

(Er öffnet; heller Mondschein draußen; er tritt hinaus und zieht die Thür hinter sich zu. Gleich darauf kracht ein Schuß. Cäsar fällt von außen gegen die Thür, die aufgeht, taumelt in die Scene zurück, die Stufen herab. Felipe erscheint, die Flinte hochgeschwungen. Der Hof füllt sich mit herbeieilenden Soldaten. Einige bringen Fackeln.)

Felipe:
Sagt' ich's nicht: wie einen Spatzen von der Mauer!

Cäsar (sich ganz aufrichtend, mit letzter Kraft):
Du hast den Borgia umgebracht!

(Er stürzt zusammen.)

(Der Vorhang fällt.)

Ende.